HISTOIRE DV TEMPS, OV RELATION DV ROYAVME DE COQVETERIE.

Extraite du dernier Voyage des Holandois aux Indes du Leuant.

A PARIS,
Chez CHARLES DE SERCY, au Palais, dans la Salle Dauphine, à la Bonne-Foy couronnée. 1654.

Auec Priuilege du Roy.

LE LIBRAIRE AV LECTEVR.

CE discours est vn vieil ouurage d'vn des meilleurs Esprits de nostre siecle, qu'il ne m'est permis de te nommer: Il le fit par diuertissement, dans vn temps auquel il eut pû le donner au public sans le desauoüer, & on luy a dérobé dans vne profession en laquelle il ne croit pas qu'il luy soit bien seant de regarder ces matieres que pour les condamner; ce n'est pas qu'il n'ait assez bien temperé, ce qu'on peut appeller les licences de la Ieunesse & du Monde, & qu'il n'ait adroitement joint icy la solidité de la Morale auec les agréemens de cette inuention: Mais ceux qui le connoissent sçauent bien qu'il n'est pas de ces flateurs, qui ne combattent les vices qu'auec des fleurs, & qu'il est persuadé qu'on n'y peut employer de glaiues assez tranchans, ny de machines assez fortes. Si ce petit trauail reçoit du public autant d'approbation comme il en a eu de ceux qui par les droicts de l'amitié en ont eu la lecture dans le cabinet, ie m'efforceray de tirer encore quelques autres pieces qu'il nomme ordinairement delicta iuuentutis, *& qu'il a peine à faire voir à ses plus familiers. Ce seront des larcins qui ne seront pas condamnables, puis que i'en enrichiray le public: Il ne faut que de l'industrie pour les commettre, & quand* *ie t'en feray part, ie m'asseure que tu ne refuseras point de t'en rendre complice par tes remerciemens.*

Priuilege du Roy.

LOVIS par la grace de Dieu, Roy de France & de Nauarre : A nos amez & feaux Conſeillers les Gens tenans nos Cours de Parlemens, Maiſtres des Requeſtes ordinaires de noſtre Hoſtel, Baillifs, Seneſchaux, Preuoſts, leurs Lieutenans, & à tous autres nos Iuſticiers & Officiers qu'il appartiendra, Salut. Noſtre bien amé CHARLES DE SERCY Marchād Libraire en noſtre Ville de Paris, nous a fait remonſtrer qu'il a recouuert vn petit Liure intitulé, *Hiſtoire du Temps, ou Relation du Royaume de Coqueterie, extraite du dernier voyage des Holandois aux Indes du Leuant*, lequel il deſireroit faire imprimer, s'il auoit

ẽ

nos Lettres à ce necessaires, qu'il nous a fait supplier luy octroyer. A CES CAVSES, & y inclinant, Auons audit Exposant permis & octroyé, permettons & octroyons par ces Presentes, d'imprimer, vendre & debiter ledit Liure durant le temps de six ans, pendant lesquels faisons defenses à tous autres Libraires & Imprimeurs, de l'imprimer, vendre & debiter, sans le consentement de l'Exposant, à peine de confiscation des exemplaires qui se trouueront contrefaits, cinq cens liures d'amende, despens, dommages & interests enuers l'Exposant, à la charge par luy d'en mettre deux exemplaires en nostre Bibliotheque, & vne en celle de nostre tres-cher & feal Cheualier Garde des Sceaux de France, le Sieur Molé, auant que de les exposer en vente, à peine de nullité des Presentes, & de faire registrer icelles és Registres du Syndic de la Communauté des Libraires & Imprimeurs de l'Vniuersité de nostre Ville de Paris. Si voulons qu'en mettant au commencement ou à la fin desdits exemplaires vn extrait desdites Presentes, qu'elles soient tenuës pour deuëment signifiées, & qu'aux coppies collationnées par l'vn de nos Conseillers & Secretaires foy soit adioustée comme à l'original; & de tout le contenu cy-dessus vous mandons faire ioüir ledit Exposant, ou ceux qui auront droict de luy, pleinement & paisiblement, sans souffrir luy estre fait, mis, ou donné aucun trouble ou empeschement quelconque: comme aussi au premier nostre Huissier ou Sergent sur ce requis, faire pour l'execution des Presentes tous exploits necessaires, sans demander autre permission, Car tel est nostre plaisir; nonobstant oppositions, Clameur de Haro, Chartre Normande, & autres choses à ce contraire. Donné à Paris le 11. iour de Nouembre, l'an de grace 1654. & de nostre Regne le douziéme. Signé, Par le Conseil, GVITONNEAV.

L'impetrant a satisfait au contenu cy-dessus. Fait à Paris le 10. Nouembre 1654. DVPVY.

Registré sur le Liure de la Communauté le 11. Nouembre 1654. conformement à l'Arrest du Parlement du 9. Auril 1653. BALLARD, *Syndic.*

C

HISTOIRE DV TEMPS, OV RELATION DV ROYAVME DE Coqueterie.

Extraite du dernier Voyage des Hollandois aux Indes du Leuant.

LA curiosité de voir les Terres & les Nations éloignées, m'ayant fait embarquer au Port de Touuent, nous fismes vne route assez heureuse durant quelque iours; mais en nous éloignant des dernieres costes de l'Afrique, nous tombâmes dans des courantes que les Pilotes ne connoissoient point; & ne pouuants par resister à leur impetuosité, nous fûmes emportez aupres d'vne Isle qui n'auoit point encore esté découuerte, & qui n'est point marquée sur les Cartes Marines.

D'abord nous y vîmes tant de Coqs & de

Gelinotes de tout plumage, que nous en prîmes sujet de la nommer l'Isle des *Coquets.* En quoy nous rencontrâmes assez bien, parceque la ville capitale se nomme *Coqueterie*, & le Prince qui la gouuerne, *l'Amour Coquet.* Aussi tost que nous eûmes ietté l'Ancre, le moüillage estant presque bon par tout, nous fismes descendre à terre le Capitaine la *Ieunesse*, auec deux de nos meilleurs Soldats, *Bontemps & Bellehumeur*, pour découurir le Païs, & sur la foy desquels ie vous en fay cette Relation.

Situation.

Cette Isle est située vers le Cap de bonne Esperance, regardant au Tropique du Capricorne, remplie de plusieurs Fõtaines d'eau de fleurs d'Orange, d'Arbres qui tousiours ont la teste verte, & d'vne si grande quantité de Muguet & Marjolaine, que l'air en est tout parfumé.

Fertilité.

Les terres y sont assez fertiles, & mesme quelquefois plus que les habitans ne voudroient; car en ces rencontres, comme elles portent à cõtretemps, les fruits en sont meurs auant la saison, d'où naissent plusieurs differends contre le bien de la chose publique & le repos de l'Estat.

Temperature du Temps.

L'air en est si sain, qu'on n'y voit iamais de grandes maladies, & pour peu qu'vne *Coquette* ait le teint mauuais ou quelque rougeur aparente, elle s'en plaint à tout le monde comme d'vn outrage que la

Nature fait à l'Amour, Ce n'eſt pas qu'il ſoit defendu d'y garder le lict, pourueu que ce ſoit pour tenir ruele plus à ſon aiſe, diuerſifier ſon ieu, ou d'autres intereſts que l'experience ſeule peut apprendre.

Places importantes.

A l'Orient de l'Iſle ſont deux Chaſteaux celebres, *Oiſiueté* & *Libertinage*, où les hommes ſont ordinairement obligez de prendre attache des Gouuerneurs pour auoir entrée fauorable à la Cour; & vers le couchant sont deux maisons de Campagne, *Teste folle* & *Courte-monnoye*, où plusieurs des Dames qui suiuent *l'Amour Coquet* vont chercher leur attestation de vie & mœurs.

l'Amour Coquet qui regne sur tous les peuples de ce païs, est vn Prince ieune, & qui ne vieillit iamais. Aussi ne reçoit-il en son Estat aucuns *Vieillards* que pour en faire le iouet des compagnies; il fait tous ses desseins à la vollée & ne prend iamais conseil. On

Le Prince du Païs

tiét qu'il eſt frere de l'Amour, ce ſouuerain des Monarques, qui tient ſous ſa puiſſance les Elemens, & les Cieux, mais frere baſtard, Enfant de la Nature & du Deſordre, & qu'il en a mal à propos vſurpé le nom & les armes Auſſi eſt il vrai que ſes affaires ſont plus mélées d'intereſt que d'affection, & les dereglemés de la débauche y ſont plus approuuez que la conduite de la raiſon.

Caiolerie. A l'entrée de la Ville capitale eſt vne place

nommée *Caiolerie*, ouuerte de tous costez, & qu'on a renduë spatieuse par la ruine d'vn vieux Temple de la Pudeur, qu'autrefois on y auoit basti. Là se rendent tous les iours sans y manquer les Chucheteurs fieffez, & les Admirateurs des choses mediocres auec des Idoles animées qui veulẽt absolument estre encẽsées à tort ou à droit. On y voit plusieurs boutiques mouuantes assez bien parées, mais sans ordre, où les Marchanc donnent pour rien des louanges sur toute sorte de sujets, à condition de n'en point examiner la verité, des protestations d'amitié peu sinceres, & des sermens de fidelité mal obserués, des asseurances de souhaits des interessez, des plaintes de méconnoissance, & des desespoirs en apparence, auec force beaux mots, paroles douces, regrets affectez pour vn depart, & mille morts pour vne absence de quatre iours. Il n'est pas permis d'y vendre des frondes, fussent-elles de soye ou de canetille d'or & d'argent, il ne s'en trouue qu'au quartier de la Ialousie pour s'en seruir adroittement contre les Riuaux & les Trouble-festes.

Cette Ville est où *l'Amour Coquet* tient sa Cour publique, mais le lieu qui lui sert de retraite pour receuoir les hommages secrets de ses Courtisans est le Palais des bõnes Fortunes, c'est vne maison de Plaisance

Palais des bõnes Fortunes.

dont la Nature a ietté les fondemens ſur leſquels l'artifice a depuis éleué beaucoup d'aiuſtemens & de decoratiõs Toutes les portes y ſont faites de faux plaiſirs, & les appartemens de honte perduë, & tout ce qui s'y paſſe de plus ſecret ſe peut nommer vn myſtere ſcandaleux ; le ſilence y commande ſous l'authorité de *l'Amour Coquet*, mais ſouuent l'indiſcretion, & quelquefois le dégouſt, en laiſſent approcher les faux bruits qui ſont les aduancoureurs de la Renommée, ſur le rapport deſquels elle ne peut retenir les chamades de ſa trompette, & le caquet de ſes cent langues. Ce Palais eſt dans vn Valon ſi couuert d'arbres & de retranchemens, qu'il n'eſt pas facile de le voir ny de l'aborder, les ſeuls priuilegiez en ont l'ẽtrée libre, encore que ce ſoit le dernier but de tous les Coquets, & que pluſieurs s'efforcent de perſuader qu'ils en ſont reuenus.

Ils en ſçauent tous la ſituation & les chemins qui les y peuuent conduire; mais comme il en a pluſieurs & fort differens, chacun prend celuy qui reuient mieux à ſon humeur.

Chemins pour y aller.

Les vns vont par la Plaine des Agreémens, qui eſt le plus beau & le moins perilleux.

D'autres prennent la route d'Or, qui ſans doute eſt la plus certaine, & où l'on fait beaucoup de chemin en peu d'heures; mais il n'eſt pas permis à tout le monde d'y passer: elle est presque reseruée aux enfans de la *Maltoste*, & autres de pareille force.

Il y en a qui vont par le Gay de l'Occasion, qui n'est pas le plus mauuais chemin, mais il faut estre soigneux de regarder sa monstre à chaque bout de champ, pour bien prendre l'heure du Berger.

Quelques-vns s'arrestent au Sentier de la Reconnoissance, mais c'est le plus long & le moins asseuré.

Aucuns passent par le Fort d'Entreprise, c'est bien le plus court, mais il est dangereux de s'engager dans le mauuais pas du Cõtretemps, car c'est vn endroit inaccessible, & qui contraint les voyageurs de retourner sur leurs pas.

Les Dames ne tiennẽt pas tous ces mesmes chemins, car souuent elles vont par les Montagnes des Aduances, d'autres par la Valée de Tolerance, & plusieurs

par

par la Solitude Fauorable.

Il y en a qui ſuiuent auſſi quelquefois la routte d'Or, mais c'eſt quand elles y ſont engagées par deux mauuais guides, Grand Aage & Petit Merite.

Mais la meilleure voye pour les vns & les autres eſt le chemin de moitié figue & moitié raiſin, il eſt fort propre à ceux qui ſçauent vn peu plaire, vn peu ſouffrir, & vn peu donner, attẽdre quelque temps, & entreprendre quelquefois, & ces gens là sont les mieux venus de *l'Amour Coquet*.

Distinctiō des sujets

A sa Cour sont toutes sortes de personnes, depuis les Princes & Princesses, iusqu'aux Bourgeois & Bourgeoises de toutes conditions & de toute taille.

Ce n'est pas que les sujets de cet Estat soient considerez sous ces diuers titres, car ils sont distinguez par d'autres qualitez bien plus illustres.

Les vns sont les Soûpirans, qui ne ſont iamais veſtus que de chagrin de couleur de penſée à fond de ſoucy.

Les Enjoüez, touſjours habillez de tricottets, pirouëttes & mots pour rire.

Les Auanturiers, qui ne ſont couuerts que de taffetas changeant, qui courent toute ſorte de chemins, & ne s'éloignent iamais du Fort de l'Entrepriſe.

Les Aſnes d'Or pompeuſement veſtus, mais au reſte peu conſiderables, qui dépensent beaucoup, & en tirent peu de profit.

Là pesle-mesle se voyēt des tout-cheueux, des tout-Canōs, des Goguenards, & des Turlupins, auec des Enfarinez, qu'aucuns disent estre deuenus d'Euesques Musniers, mais ils ne laissent d'estre Euesques, ou du moins Abbez de Cour, quoy que tout blancs de farine.

On y voit aussi des Coquets serieux armez de fer blanc, mais si bien trauaillé, qu'ils s'imaginent estre couuerts d'acier bien trempé & à toute épreuue; aussi se nomment-ils les Esprits forts, encore qu'à la premiere attaque ils se sentent tousiours percez, sans resistance. Ils parlent peu, si ce n'est pour faire les Critiques; ils s'estiment beaucoup, & ne sont pas fort estimez; ils croyent sçauoir tout ce qu'ils ignorẽt, & font vanité d'ignorer ce qu'ils deuroient sçauoir, ils se sont erigez eux mesmes

en Reformateurs gene-
raux de Coqueterie, ſans
que perſonne veuille dé-
ferer à leurs ordres, & ſe
ſont rendus les plus ſots
& les plus importuns de
tous les *Coquets.*

Mais il n'y a rien de
plus diuertiſſant à voir,
que les Cœurs volans
dont cette Ville eſt toute
pleine : ils ſont couuerts
d'aiſles & de flâmes, &
on s'eſtonne que leur feu
ſoit ſi doux, qu'il ne brû-
le point leurs plumes ; ils
parlent & content iolis
mots à toutes les Dames

qu'ils rencontrent, sans se mettre beaucoup en peine d'estre veritables ny rebutez; ils font vne secte particuliere, dont ils disent qu'vn certain Hylas est Fondateur; ils ont pour formulaire de leur vie, l'Histoire des Amans Volages, & portent pour deuise, *Qui plus en aime, plus aime.* Dans vne méme conuersation ils volent sur l'espaule d'vne Dame, sur la teste d'vne autre, & se laissent aisément prendre à la main, ils font hommage aux yeux de celle-cy, aux cheueux de celle-là, ils adorent la bouche de l'vne, & la taille de l'autre, ils s'attachent à tout, & ne tiennēt à rien, chacun ſe raille d'eux, & ils en rient, car ces Cœurs volans ſçauent rire auſſi bien que parler.

Quant aux Dames, on y voit les Admirables, qui n'ont rien de merueilleux que le nom.

Les Pretieuſes, qui maintenant ſe donnent à bon marché.

Les Rauiſſantes, qui tirent

tirent plus à la bourse qu'aucun.

Les Mignonnes, qui d'ordinaire ont l'esprit aussi mince que le corps.

Les Euaporées, qui dansent par tout sans violon ; qui chantent tout sans dessein, qui parlent de tout sans garandie, & qui respondent à tout sans malice, à ce qu'elles disent.

Les Embarassées ayant tousiours dix Parties à la teste, & dix Galands à la queuë.

Les Barboüillées, qui

ſont de trois ſortes; les vnes ſont les Barboüillées blanc, les autres les Barboüillées rouge, & les dernieres les Barboüillées gras, qui fuyẽt autant le Soleil, comme les autres craignent la pluye.

Il y en a meſme qui portent la qualité de Saintes, mais de Sainte-ny-touches, qui refuſent tout deuant le monde, & laiſſent tout prendre en particulier.

Les mieux venus à la Cour & les plus recherchées des Coquets, ſont les Malaſſorties, qui ne ſont pas ainſi nommées pour eſtre dépourueuës de graces & d'ornement: mais ce ſont de ieunes beautez, leſquelles pour auoir eſté condamnées iniuſtement à ſouffrir la domination d'vn Vieillard, d'vn Faſcheux ou d'vn Sot, ſe ſont pourueuës au Conſeil de l'*Amour Coquet*, où leur ayant eſté fait droict, ont obtenu diſpenſe de demeurer à la maiſon, ou la liberté d'y faire tout ce qui leur plaiſt.

Mar-chands. Dans les plus ſerieuſes conuerſations, on n'y trouue que des vendeurs de Sornettes, Colporteurs de badineries, Crieurs de Sonnets, Epiſtres douces, Chanſons nouuelles, Stances, Elegies, & autres menuës denrées du Mont Parnaſſe.

Ou-uriers. Les bons Ouuriers y viennent auſſi, comme les faiſeurs de Contes à dormir debout, les Emmancheurs de ballets, les Expeditionnaires de Cadeaux & collations, les

Introducteurs de Comedies, & les Adjusteurs de Pourmenades; & l'on y voit beaucoup de gens qui n'achetent rien plus cher que les Couuertures de petits voyages à faire, les mauuaises excuses de découchemens, les pretextes de iuppes données, & autres finesses cousuës de fil blanc, pour tromper les Interessez.

Et bien que *l'Amour Coquet* ne reçoiue aucun hommage, & n'accorde aucun priuilege qu'aux naturels du païs, il y

Estrangers.

ſouffre neantmoins pour la commodité du commerce, & la ſubſiſtance de ſon Eſtat, quatre ſortes d'Eſtrangers.

Sçauoir, les Embaboüinez, qui ſont des gens ſi adroitement carreſſez de leurs femmes, qu'ils ne croyent pas qu'aucun en partage auec eux le corps & l'eſprit.

Les Iobets, qui ſont en doute, mais qui n'oſent s'eſclaircir ny ſe plaindre de peur d'eſtre battus.

Les Difficiles à ferrer,

ainsi nommez, parce qu'ils tiennent des Cheuaux fascheux, qui font les Diables à quatre, pour éuiter vn coup de corne, dont neantmoins ils ne se sauuent iamais.

Et les Souffrans, qui sçauent bien ce qu'ils font, mais qui ne veulent point faire de bruit, craignans la perte des Finances, ou le débris de la Cuisine.

La Monnoye courante du Païs porte d'vn costé vne Gelinotte de Ville, & au reuers vn

Coucou.

Tribut. Mais ce qui doit donner quelque estime particuliere à l'Amour Coquet est, qu'ayant donné aux Maltotiers la liberté de negotier dans ces Estats, il ne leur a iamais permis de proposer en son Conseil aucunes nouuelles impositions, ayant tousiours esté content des antiennes; Car dans la *Ville de Coqueterie*, il n'exige rien que des visites assidues, des souspirs impreueus, & des desirs mal expliquez, les droicts communs, les deuoirs d'vne foy douteuse & d'vn hommage à tous venans; Et dans les endroits où ses vassaux sont plus pressez, ils ne luy doiuent souuent que la bouche & les mains, sinon qu'en quelques coustumes locales on y adiouste la gorge: mais dans son Palais des bonnes Fortunes, il tire Tribut de tout, de la Nature & de l Art, de toute sorte de Marchandises belles ou laides, & de toute sorte d'animaux ieunes ou vieux, de toutes charges & emplois, maisons de ville & de campagne, & veut mesme qu'on luy abandonne l'honneur & la conscience, tenant ses bureaux tousiours ouuerts pour en receuoir le payement de iour & de nuit.

La Mode

La plus cherie de toutes les Dames de la Cour dont le Conseil est plus generalement suiui, c'est la *Mode*; elle est originaire de France, vn peu sotte, mais non pas desagreable; son humeur est bigearre & fort changeante; elle condamne aiſément ſans ſujet ce qu'elle auoit eſtimé ſans raiſon ; & du caprice d'vne Coquette vn peu renommée, elle en fait vne Loy pour tout le Royaume. Elle a l'Intendance des Eſtoffes couleurs & façons; mais comme les femmes ne ſe peuuent renfermer dans vn pouuoir legitime, & qu'elles l'eſtendent aſſez volontiers, elle entreprend ſur tout, & meſme ſur le langage, au preiudice des droicts de l'Academie, de ſorte qu'on n'oſe plus y rien faire ny rien dire qu'à la Mode. encore eſt elle deuenuë ſi puiſſante, qu'elle a dépoüillé les Coquets & Coquettes de tout ce qu'ils poſſedoient pour ſe l'approprier. Et quand on leur demande, quels cheueux auez vous? quels rubans? quelle coiffure? ils reſpondent tous c'eſt à la Mode. Voire meſme n'ont ils plus leurs yeux, leur bouche, ny leurs démarches, tout est à la Mode. Enfin par vne obligation generale de n'auoir plus rien à soy, il faut que tout soit à la Mode.

Mais la plus agissante personne de cette Cour, est vne vieille Italienne nommée *l'Intrigue*, elle est d'vne naissance fort obscure, & iusqu'icy les Historiens n'en peuuent bien cotter ny le pere ny la mere, elle va tousiours masquée, soit pour la difformité de son visage, ou pour se rendre autant qu'elle peut méconnois-

L'Intrigue.

ſable. On ne peut pas dire au vray comment elle eſt veſtuë, parce qu'elle eſt ſouuent deſguiſée; tantoſt elle s'habille en Princeſſe, & tantoſt en Gueuſe; elle prend meſme quelque fois vn froc & de toutes couleurs, ayant ainſi l'entrée libre en des lieux où autrement elle ſeroit ſuſpecte. Quelque fois elle eſt cõme ces Vieilles chargées de Chapelets, Medailles, & grains benits, & ſouuent elle fait la Vendeuſe de poinct de Gennes, Passement de Flandres, & de toute sorte de bigeoux. Elle marche plus souuét la nuit que le iour, & plustost en carrosse qu'à pied ; elle ne parle iamais qu'à voix basse, & presque tousiours à l'oreille, mais elle ne debite que fourbes, troubles, noises, separation de corps & biens, & toutes sortes d'ouurages à cornes. Enfin c'est vne dissimulée, malfaisante, enuieuse, & la plus meschante femme du monde, qui ne laisse pas neantmoins d'auoir accez dans les cabinets dorez, ruelles de lit, celules de Moines, & autres lieux profanes & saincts.

Com-bat de belles Iuppes

Dans la Ville il y a des lieux destinez à faire combat de belles Iuppes & tournoy de Chars dorez. Or belles-Iuppes sont certains animaux, qui n'ont ny pieds ny dents, & qui ne laissent pas d'aller par tout & de manger bien du pain. Il y en a qui ne sont que des ouurages de vent,

quoy

quoy que chargées d'or & d'argent en toute maniere, qui ne font parade que de vent, & qui ne produiſent que du vent; d'autres ſont des Porteuſes de nouuelles du Palais des Bonnes fortunes, mais ſeulement en faueur de ceux qui s'y laiſſent conduire. On en voit auſſi qui ne ſont que des liurées de contre cœur, qu'vn Mary ne voit qu'auec ſoupçon, ou ne dõne qu'en rechignant mais de quelque qualité qu'elles ſoient, elles ſe mettent indiſtinctement ſur les rangs, & courent toutes en la meſme lice. Et pour les Chars dorez, ce ſont machines à rouler riches Coquets & riches Coquettes, ſans vie, mais non pas ſans ame, car ils en ont ſouuẽt beaucoup, & quelquefois auec peu d'eſprit. Les premiers venus au Tournoy ne ſont pas les meilleurs, mais bien ceux qui demeurent les derniers, car eſtant deliurez de la foule, ils executent mieux les beaux desseins, tirent, poussent, auancét, reculent, iettent lances à feu sans brusler, dards aigus sans percer, grenades sans faire mal, & souffrent mesme auec eux d'autres chars Bourgeois qui ne font pas tant de bruit, mais qui ne font pas les moindres coups. Enfin de tous les diuertissemens ordinaires, ce mystere est le plus public & le moins entendu; & ceux qui ne peuuent pas expliquer les signes des yeux, les gesticulations de teste & les autres Enigmes d'affeterie, ne le prennent que pour vn embarras importun de carrosses capable de donner la Migraine. Ce n'est pas qu'il soit plus facile de

Musique

découurir le secret nocturne de leurs Musiques inuisibles qui seruent de Voile à pis faire, & qui donnent souuent martel en teste à tout le voisinage, mais aumoins sõt elles vne occupation agreable pour ceux qui se veulent diuertir aux despens d'autruy.

En vn lieu de la Ville le plus éminent & le plus accessible, est le grand Magazin tout rempli de fers à frizer de toutes figures, boëtes à mouches d'or & d'argent, poudres de senteurs, de miroirs, masques, rubans, éuentails, papier doré, brasselets de cheueus, peignes de poche, releues moustaches, bigeoux, essences, opiates, gommes, pommades, & autres vtensiles de menage. Et alentour du magazin

Magazin.

ſont les Ouuriers ; dont les vns ne ſont occupez qu'à tailler mouches & dreſſer des plans pour bien arranger les aſſaſſins ſur le nez, à quoy nul ne peut trauailler qu'apres chef-d'œuure ; à lauer des gans, & compoſer drogues pour débarboüiller le nez & blanchir les mains ; à faire garnitures de toutes couleurs, galands, panaches, croupes, eſchelles, & bouquets de toutes fleurs, & en toute ſaiſon.

Aucuns y font profession d'vn art nouueau, d'ajusteurs de gorges, se faisant fort d'empescher les grosses de trop paroistre, & de donner du relief aux imperceptibles.

Et d'autres nommez les Cognes festu, ne s'employent qu'à rechercher l'huile de Talk.

Biblio teque.

Dans vn autre lieu frequenté des plus beaux Esprits du Païs, est vn noble Edifice qui sert de Bibliotheque publique aus Coquets, elle est bâtie d'imaginations ridicules & de souhaits rarement accomplis, & fournie de plusieurs manuscrits iusqu'à present inconnus, tant en langue vulgaire que Narcoise. En voicy les principaux, & les plus soigneusement estudiez.

Le Cours de la Bagatelle en trois volumes, dont le premier est l'Adresse des Badins, le second l'Introduction des ruelles, & le troisiesme la Conduite des Idiots.

Les Obseruations du Ciel

Ciel pour connoiſtre l'heure du Berger.

L'Inuention pour peu donner, & faire grands progrés.

Les regles du Cours, auec l'explication des Geſtes & Reuerences qui s'y font, œuure tres-vtile pour les nouueaux venus.

Les Infortunes d'vne Admirable à qui perſonne ne comptoit fleurettes qu'en la raillant, & qu'on n'encenſoit iamais ſans luy donner quelque nazarde.

La décõuenuë d'vne Embarraſſée qui s'eſuanoüit vn iour dans l'empreſſement, & la difficulté de choiſir entre deux Coquets de differentes qualitez, & ſe reſolut de les conſeruer tous deux pour ne plus mettre ſa vie en peril.

Le Contraſte de deux Coquettes ſur la queſtion de ſçauoir, s'il vaut mieux auoir vn Amant diſcret, qu'Entreprenãt, & reſoluë en faueur du dernier.

L'abbregé des Coquettes repenties auant l'arriere ſaiſon, auec le recit des diſgraces de celles qu'on y a contraintes à leur grand regret.

Le coup d'Eſtat ou le Formulaire des Declarations à faire en ſecret, & des tons de voix differens dõt il faut vſer, auec vne exacte obſeruation des temps & des lieux conuenables à cet important myſtere.

La ſcience de coiffer en deux parties, dont l'vne eſt intitulée la

Prime, & l'autre Champagne.

Le moyen de bien friser & boucler suiuant l'air du visage.

La Dariolette trauestie où sont expliquées les adresses de negotier sans estre suspecte aux meres ny aux maris, & de porter poulets sans les faire crier.

L'entremise des Suiuantes, auec vne instruction pour les bien caioller, & gagner toute sorte de Valets.

Le remede au chagrin des yeux battus, & du mauuais teint.

La subtilité d'arracher les tanes sans douleur.

Le secret pour obuier aux tumeurs longues & incommodes.

La Carte des lieux propres à faire Cadeaux à dix lieuës la ronde.

Le plus beau quartier de la Ville est la grande place qu'on peut dire vrayement Royale, & pour son excellence, & parce que le Roy s'est voulu loger au milieu

La Place du Roy.

pour reconnoiſtre d'vn clein d'œil toutes les caballes de ſes Courtiſans; Elle eſt enuironée d'vne infinité de reduits où ſe tiennent les plus notables aſſemblées de *Coqueterie*, & qui ſont autãt de Temples magnifiques conſacrez aux nouuelles Diuinitez du pays; car au milieu d'vn grand nombre de Portiques, veſtibules, galeries, cellules & cabinets richement ornez, on trouue touſiours vn lieu reſpecté comme vn Sanctuaire, où ſur vn autel fait à la façon de ces licts ſacrez des Dieux du Paganiſme on trouue vne Dame expoſée aux yeux du public, quelque fois belle & touſiours parée, quelque fois noble & touſiours vaine, quelque fois ſage & toûjours ſuffiſante, & là viennent à ſes pieds les plus illuſtres de cette Cour pour y bruſler leurs encens, offrir leurs vœux, & ſolliciter ſa faueur enuers *l'Amour Coquet*, pour en obtenir l'entrée du Palais des bonnes fortunes.

Escoles publiques.

En ce mesme lieu sont les Escholes publiques pour l'instruction de la ieunesse ou des sept arts liberaux ; ils n'en obseruent que deux, bien dire & malfaire; Et de toutes les loix, ils ne trauaillent qu'à celles qui concernent le droict de Nature & le droict des Gens: aussi ne se piquent-ils pas fort d'estre grands docteurs, & les plus habilles passent toute leur vie en licence ; Mais ce qu'on en peut remarquer de plus honorable, eſt qu'ils ont donné l'authorité de regenter aux perſonnes de condition, & que ſouuent on y voit des Princes en chaire faire leçon publique de bagatelle.

Les femmes y tiennent les Academies, où preſque toutes courent le faquin & ſont fort adroites à donner dans la viſiere ; les hommes y donnent les bagues, & font les autres deſpenſes des Carouſets. Academies.

Les Brelans y ſont Brelans

ouuerts à toute ſorte de perſonnes, où communément les femmes iouent à l'homme, & les hommes à la beſte; elles s'eſtudient toutes à bien ioüer de la prunelle & au quinola, car elles ont conſerué le reuerſis bien qu'il ſoit aboly dans les Prouinces voiſines. Il y en a d'humeur ſi hautaine, qu'elles ne veulent ioüer qu'à Prime & à la Triomphe; & les autres qui veulent vn ieu couuert, ne s'amuſent qu'à ioüer au Moyne; Elles engagent aſſez ſouuent les hommes à ioüer des couſteaux, des hautsbois, au Roy deſpoüillé, & de leur reſte, faiſans touſiours bõne mine à mauuais ieu ; aucuns ioüent à toutes Dames, beaucoup ioüent le double, & tous ioüẽt à Coquimbert qui gaigne perd.

Dans cette place eſt vn grand obeliſque de marbre noir, ſur lequel ſont eſcrites en lettres d'or les Loix fondamentales de l'Eſtat, dont celles qui ſuiuent ne ſont pas les moins conſiderables.

Loix. 1 Nul ne peut eſtre naturaliſé dans le Païs, qu'il n'ait eſté paſſé maiſtre en fait de bagatelle.

2 Qui n'aura pas dequoy donner, ſe garnira d'vne bonne duppe qui fourniſſe à l'appointement.

3 Les Maris ſeront tenus de nourrir les Enfans qu'ils n'auront pas faits, ſans ſe mettre en peine de ce que les vrais peres pourront donner

ſous main pour leur entretien.

4 En attendant le retour du Cours, vn bon mary peut boire vn coup pour ſe deſennuyer s'il eſt tard, auec vne defenſe d'entamer les bons morceaux.

5 Quiconque fera profeſſion de fidelité, ſera tenu de iuſtifier qu'il eſt de la race des Amadis, ou des deſcendans de Celadon ; ſinon & à faute de ce paſſera pour Idiot.

6 La modeſtie, la diſ-

cretion, & la retenuë, n'auront aucune entrée dãs l'Estat, sinon qu'elles peussent estre vtiles à celles qui sont obligées de cacher leur jeu.

7 Nulle ne pourra porter chappelet ni heures à la Chancelliere, que pour occuper ses doigts en écoutant le mot par dessus l'espaule.

8 Chacun sera soigneux endroit soy d'arrester les bons mouuemens que les fortes predications auront excitées dans le cœur.

9 Le remords de la conſcience ne ſera point écouté, à peine d'eſtre exilé du Royaume.

Ces dernieres loix ne doiuent pas ſembler fort eſtranges à qui ſçaura que le peuple de cette Iſle n'a point de veritable Religion; ce n'eſt pas qu'il n'y ait beaucoup d'Egliſes dans le païs, mais on n'y va point pour prier Dieu, c'eſt ſeulemẽt pour voir ou ſe faire voir, railler, ſouſrire, cajoller, reſoudre les parties, prendre

Religion.

aſſignation de débauche, & faire ſeruir les lieux ſainćts aux pratiques de l'iniquité; & d'ordinaire quand ils font en apparence quelque œuure de pieté, ce ne ſont que des profanations, & tous leurs ſacrifices y deuiennent autant de ſacrileges: il eſt preſque inoüy iuſqu'à preſent que les hõmes ayent embraſſé iamais vne veritable deuotion; & quand les femmes s'y reduiſent, c'eſt ordinairement apres

pres vne aduenture incroyable à qui n'y fera point vne ſerieuſe reflexion, pour en reconnoiſtre le ſens myſtique.

L: Bureau des Recompenſes.

Derriere le Palais des Bonnes fortunes eſt vn Iardin d'aſſez belle eſtenduë, qu'on appelle le Bureau des Recompenſes. A cette parole il n'y a perſonne qui ne s'imagine vn Paradis terreſtre: mais quoy que l'art y faſſe tous les iours quelque nouueau trauail, c'eſt vn lieu qui ſemble eſtre maudit du Ciel, où la Nature ne produit rien que de faſcheux & d'inſupportable, les paliſſades ne ſont que de regrets & d'inquietudes, il n'y a pour fleurs que des penſées noires, des ſoucis renaiſſans, & des eſperances perduës, pour plantes de l'abſynte & des amarantes, & pour fruits des poires d'angoiſſes, & quelques autres qui n'õt pas meilleur gouſt. Les fontaines y ialliſſent de tous coſtez, mais les eaux en ſont touſiours ameres, & de leur cheute elles font le lacq de confuſion, au bord duquel eſt vn ſalon à l'Italienne nommée la Berne des Coquettes, fort haut & ſpacieux, éleué ſur des colomnes meſlées de mépris & d'ingratitude. En cet endroit s'aſſemblent à certains iours les plus fameux Coquets tous d'eſprit rare & adreſſe ſinguliere, & choiſiſſant telle Dame qu'il leur plaiſt ou qui leur dé-

La Berne des Coquettes.

plaiſt entre celles que l'imprudence a conduite dans le Palais des Bonnes fortunes, ou que le dépit en retire, la font venir au milieu d'eux, & l'ayant fort pourmenée dans toutes les allées du Iardin, & ſuffiſamment raſſaſiée des fleurs & des fruits qui s'y recueillent, la menent dans le ſalon, où ils la mettent dans vn fauteüil pour en iouer au Roy Artus; & apres pluſieurs Croquinolles impreueuës, genuflexions grotesques & turelupinades ingenieuses, ils la dépoüillent insolemment de tous ses ornemens, iusqu'à ceux qu'ils luy auoient donnez, l'arrousent par trois fois de l'eau de confusion qu'ils ont tousiours preste à cet effet, & luy font en iolis vers vn reproche public de toute sa vie, qu'ils luy chantent au nez sur l'air des petits sauts de Bordeaux. Ils n'épargnent ny ses cheueux qui les ont enchaisnez, ny ses yeux qu'ils ont adorez, ny sa bouche qui fut pour eux vn oracle de vie & de mort, ny ses mains qu'ils auoient estimées dignes du sceptre de tout le mõde, ils la nõment perfide ayant tousiours eu trois Galands à la fois; indiscrete, ne pouuant cacher assignations, presens, ny poulets; maligne, ialouse, importune, dont au commencement elle ne fait que rire; & comme ils continuent, elle se fasche, & puis elle entre en colere, s'emporte,

& fait la desesperée; & lors qu'ils la voyent dans cet estat qu'ils appellent de gaye humeur, ils la mettent dans vne couuerture de soye de Barbarie faite à la Turque, & la bernent durant vne bonne heure; elle resiste, mais ils s'en moquent; elle crie, mais ils s'en rient; elle enrage, mais ils s'en raillent, & quand ils en ont pris assez de diuertissement, ils se retirent chacun de son costé, & la laissent comme demy morte. Cette berne à la verité ne se doit faire ordinairement qu'en fantosme, mais quelquefois ils la font en personne; les vnes n'en sentent point le mal, & d'autres ne le veulent pas sentir; & de celles qui le ressentent, les vnes se condamnent elles-mesmes à prison perpetuelle, d'autres se precipitent dans l'abysme du desespoir qui n'est pas éloigné du Iardin, & les plus sages se refugient dans la Chapelle de S. Retour; c'est

Chapelle S. Retour.

c'est vn lieu basty en terre ferme, separé de l'Isle par vn petit trajet, mais difficile à passer; il est tousiours occupé par le Capitaine *Repentir*, qui seul a droict d'en rendre le chemin libre: c'est vn melancolique, & qui presque tousiours est en colere, mais au reste fort sage, pieux & charitable à ceux qui recourent à luy. Ce n'est pas qu'il ait accoûtumé d'écouter les premieres voix des Coquettes qui se plaignent de quelque trauerſe, & qui maudiſſent les deſordres de leur vie, il penetre le fond du cœur, il en veut connoiſtre la ſincerité, & n'aſſiſte iamais que celles qui prennent vne bonne & forte reſolution de quitter cet impertinent Royaume; car alors il les conduit en ſeureté dans cette Chappelle miraculeuſe, où ſi-toſt qu'elles ſont arriuées, elles ouurent les yeux, s'apperçoiuent bien qu'auparauant ils eſtoient fermez, & découurent que tout ce qu'elles pensoient voir n'estoient que des illusions ; Que toutes les douceurs de cette Isle ne sont que des amertumes deguisées, & que les plaisirs apparens y produisent tousiours de veritables douleurs ; que les plus heureux sont presque tousiours à la gehenne, & que les satisfactiōs exterieures n'y seruent que de voile aux soûpirs, aux gemissemens, & aux plaintes ; qu'il n'y a rien de plus malheureux, de plus honteux, & de plus deteſtable, que ce lieu qu'ils nomment fauſſement en langage du Païs le Palais des bonnes fortunes ; qu'il eſt en verité le piége des imprudens, l'erreur de la ieuneſſe, l'amuſement de l'oiſiueté, l'opprobre des conuerſations, l'occupation des fols le meſpris des ſages, la ruine de la ſanté, la deſolatiõ des familles, l'eſcueil des vertus, & la ſource de mille impietez. Ainſi prenant de meilleurs ſentimens & des routes toutes contraires à celles qu'elles auoient ſuiuies, elles ioüiſſent d'vn repos, & d'vne ſatisfaction veritable, qu'elles auoient inutilement recherchées dans le ſejour des troubles & des infortunes.

FIN.

www.ingramcontent.com/pod-product-compliance
Ingram Content Group UK Ltd.
Pitfield, Milton Keynes, MK11 3LW, UK
UKHW012054240726
13965UKWH00003B/1271

9 782013 051002